Onderdanige Vroulike Skrywer

Erika Sanders
Reeks
Oorheersing en erotiese onderwerping

Opsomming

Samantha se grootste vrees was dat iemand haar op hierdie foto's sou herken.

Maar daardie probleem is opgelos deur 'n dun masker te gebruik.

Die masker was klein en het net haar oë en neus bedek, wat goed genoeg was om haar anoniem te hou.

Onderdanige Vroulike Skrywer is 'n roman met 'n sterk erotiese BDSM-inhoud en op sy beurt 'n nuwe roman wat tot die versameling Erotic Domination and Submission behoort, 'n reeks romans met 'n hoë romantiese en erotiese BDSM-inhoud.

(Alle karakters is 18 jaar of ouer)

Nota oor die skrywer:

Erika Sanders is 'n internasionaal bekende skrywer, vertaal in meer as twintig tale, wat haar mees erotiese geskrifte, ver van haar gewone prosa, met haar nooiensvan onderteken.

Indeks:

ONDERDANIGE VROULIKE SKRYWER
ERIKA SANDERS

DEEL EEN
DIE REAKSIE

HOOFSTUK I

Samantha se grootste vrees was dat iemand haar op hierdie foto's sou herken.

Maar daardie probleem is opgelos deur 'n dun masker te gebruik.

Die masker was klein en het net haar oë en neus bedek, wat goed genoeg was om haar anoniem te hou.

Sy het verskillende poses vir die fotograaf gemaak.

Dit was 'n deftige shoot met 'n onderdanige toon.

Verskeie toue het haar klein en skraal lyfie, wat met 'n dun swart rok bedek was, liggies vasgebind.

Haar polse was ook aanmekaar vasgebind en nou word foto's geneem van haar wat op die grond lê.

Dit was 'n kunssessie wat deur 'n semi-beroemde plaaslike fotograaf gedoen is, wat die portrette in verskillende kunsgalerye verkoop het.

"So, baie mooi," sê die fotograaf en stap weg. "Draai om. Op jou maag. Goed. Draai om."

Dit was die lekkerste pret wat Samantha in 'n lang tyd gehad het.

Sy het soos 'n slawerny-hondjie omgedraai.

Toe rol sy terug.

Daar was 'n effense glimlag op sy gesig wat sy fantasie uitleef.

Die fotograaf het Samantha se glimlag opgemerk , en hy het teruggeglimlag en in die proses nog foto's geneem.

"Ek dink ons is klaar vir vandag," sê hy en laat sak die kamera. "Jy was uitstekend."

Sy staan op en stap na hom toe met haar vasgebind polse vorentoe wys.

"Ek het net gedoen wat jy vir my gesê het," het hy geglimlag.

Die fotograaf het haar polse losgemaak en haar uiteindelik van al die slawerny toue bevry.

Daar was klein rooi merkies op haar polse.

"Jammer daaroor. Miskien het ek hulle 'n bietjie te styf gemaak."

Sy skud haar kop en verwyder haar masker.

"Moenie daaroor bekommer nie. Ek dink ek het te hard getrek. En die merke sal gou vervaag."

"Taai meisie."

"Praat van taai wees, is daar enige kans op ekstra werk?"

“Dit hang af,” antwoord die fotograaf. "Daar is 'n komende kunsvertoning oor 'n paar weke. As jou portrette verkoop, sal ek jou graag vir nog foto's huur."

Sy glimlag.

"Ek sien uit daarna."

HOOFSTUK II

Nadat sy aangetrek het, het Samantha direk na haar slaapkamer gegaan.

Daar was nog baie skoolwerk om te doen.

Die mees uitdagende klas van die semester was haar kreatiewe skryfkursus, wat gefokus het op die skep van volledige stories.

Dit was die klas waaraan hy die graagste wou werk, want dit het hom 'n uitlaatklep gegee om te skryf.

Sy was lief vir skryf.

En sy wou eendag 'n romanskrywer word.

Die belangrikste is dat dit haar 'n platform gegee het om haar eerste roman te begin skryf onder die leiding van 'n vooraanstaande professor.

Hy was 'n professor wat ek diep bewonder het lank voordat ek sy klas bygewoon het.

Hy was 'n onderwyser wat verskeie boeke geskryf het, wat Samantha liefgehad het, gelees en grootgeword het.

Daardie ou boeke het Samantha se skryfstyl beïnvloed, en sy was opgewonde oor die geleentheid vir hom om haar te leer.

Sy het die een-bladsy uiteensetting van haar volgende storie-idee klaar geskryf terwyl sy op haar bed gesit het.

Hy moes dit aan die professor stuur voor sy volgende vergadering.

Nadat Samantha ure lank geskryf en gedink het, is Samantha se beswymingsagtige toestand deur 'n paar klop aan die muur verbreek.

Dit was sy pragtige kamermaat en beste vriend sedert hoërskool, net in 'n handdoek geklee en haar hare vars gedroog na haar stort.

"Skryf jy nog jou goed?" het Vicky gevra.

"O, seker, ek werk nog daaraan."

"So, hoe het jou foto's vandag gegaan?"

Samantha het duim vasgegee.

"Redelik goed."

"Ek sal graag die nuwe boek wil sien."

"Wag, laat ek kyk of hy hulle al vir my gestuur het."

Samantha het vinnig haar Gmail-rekening oopgemaak en 'n paar nuwe e-posse gesien.

Daar was 'n e-pos van die fotograaf wat die lêer wat dit bevat oopgemaak en afgelaai het.

Daar was altesaam agt-en-dertig beelde.

" Daar is hulle, ek sal hulle dadelik vir jou stuur," het Samantha gesê. "En laat weet my wat jy dink. Persoonlik dink ek dit is 'n baie oulike ding. Ek hou daarvan beter as wat ek laas gedoen het."

Natuurlik het Samantha Vicky se mening oor die saak hoog op prys gestel, want haar vriendin het self baie modelwerk gedoen, en sy het ook beplan om eendag in die modebedryf as ontwerper te werk.

Vicky het die handdoek laat val en is kaal gelaat.

"Ek sal later na hulle kyk. Het jy al gestort? Daai partytjie is oor 'n uur."

"O shit."

Vicky het 'n bra aangetrek.

"Dit is een van daardie dae, huh?"

"Verdomp, wag."

Samantha het vinnig haar e-pos oopgemaak en vir die onderwyser 'n boodskap geskryf.

Sy het die Word-dokument aangeheg en dit toe gestuur.

Samantha het dus nog 'n e-pos oopgemaak en 'n kort boodskap aan Vicky geskryf.

Sy het die lêer met die agt-en-dertig onderdanige slawefoto's aangeheg en die e-pos gestuur.

Toe maak Samantha haar skootrekenaar toe en spring uit die bed.

Sy stap verby haar halfnaakte kamermaat en in die badkamertjie in wat nog bietjie klam was vandat Vicky dit pas gebruik het.

Sy trek uit, stap toe by die stort stalletjie in, draai die kraan oop om 'n waterval warm water vry te laat.

Terwyl sy haar hare ingeskuim en sjampoe het, het Samantha aan haar volgende skryfprojek en ontmoeting met die onderwyser gedink.

Hy het gedink oor hoe hy sy werk sou verduidelik.

Hoe sou sy dit aanbied?

Hoe gaan hy homself uitdruk?

Die hoofpunte wat jy wou oorkom sodat die onderwyser jou gedagtes sou verstaan en hopelik broodnodige goedkeuring en begrip sou verskaf.

Hy het ook aan onbenullige dinge gedink, soos wat om aan te trek.

Sy wou elegant, maar waaghalsig lyk, sonder om ook die verkeerde seine te stuur.

Sy wou slim voorkom sonder om te krap te wees.

Hy wou ook nie te eenvoudig, of maklik voorkom nie, of hy sou die onderwyser se respek verloor.

Sy moes goed lyk.

Miskien sal hy Vicky later ook oor daardie saak om haar mening vra.

Samantha het die water afgeskakel, haar hare afgedroog en met haar eie skootrekenaar teruggegaan na die koshuiskamer, waar Vicky reeds geklee was.

"Wat dink jy van die foto's?" vra Samantha en kyk in haar kas.

"Bedoel jy jou skryfwerk?"

"Nee, natuurlik op my foto's."

"Wel, jy het per ongeluk jou skrywe vir my gestuur," het Vicky ingelig. "Dit lyk redelik goed. Ek is nie baie van 'n leser nie, maar ek sal hierdie boek koop as jy dit skryf."

Samantha verstar.

Haar oë rek groot en haar maag het gesak.

Sy het haar na haar skootrekenaar gehaas en haar Gmail-rekening nagegaan.

Hy het sy gestuurde e-posse nagegaan om die boodskap te sien wat hy aan die onderwyser gestuur het.

Toe kyk hy in die aangehegte lêer.

"O God".

Sy het haar mond met haar hand toegemaak toe sy besef dat sy per ongeluk die agt-en-dertig slawernyfoto's vir die professor gestuur het.

"My ... lewe ... is ... verwoes," het Samantha gehuil, op haar bed inmekaargesak en in die proses wou huil.

"Shit, het jy net daardie foto's vir jou juffrou gestuur?" Vicky lag op 'n geamuseerde manier.

Samantha het haar gesig in die kussing begrawe.

"Ek wil nie daaroor praat nie."

"Kyk aan die goeie kant. As hy 'n normale ou is, sal hy jou waarskynlik 'n A vir die klas gee. Die nadeel is dat jy waarskynlik sy piel sal moet suig. Tensy hy sexy is, dan gaan jy kry dit. Jy weet, al daardie onderwyser/student-tema."

"Ek ontmoet hom môre. God, ek hoop nie hy rapporteer my omdat ek probeer om seks of iets te werf nie. Ek kan uit die skool geskop word."

"Is daar 'n reël teen die stuur van voorleggingsfoto's aan die professor?" het Vicky gevra.

"Weet nie."

"Wel, jy het super vinnig gestort. Miskien het ek hom nog nie gesien nie. Hoekom bel jy hom nie en sê vir hom om nie na jou e-pos te kyk nie?"

Samantha sit regop, trane in haar oë.

"Jy is 'n genie."

Hy het in die kursusprogram die professor se selfoonnommer gesoek, maar dit was nie daar nie, anders as ander professore.

Die enigste manier van aksie sou wees om te bid dat hy dit nog nie gesien het nie.

Sy het vooraf nog 'n waarskuwingsboodskap gestuur.

Sy het 'n e-pos gestuur met die titel: MOET ASSEBLIEF NIE DIE ANDER E-POS MAAK OOP NIE

"Juffrou,

Ek is Samantha. Ons het môreoggend 'n afspraak. Ek het vir jou 'n paar oomblikke gelede nog 'n e-pos gestuur. Ek hoop van harte nie hy het dit oopgemaak nie. Indien nie, moet asseblief nie dit doen nie. Indien wel, is ek baie jammer. Dit was 'n ongeluk.

Hier stuur ek vir jou my skrywe.

Ek hoop nie hierdie fout sal ons akademiese verhouding in gevaar stel nie. Ek beplan nog om jou môre te sien om die skryfprojek te bespreek.

Met die beste wense,

Samantha."

Toe het hy die lêer met die skrif aangeheg en gekyk dat hy dit hierdie keer reg doen.

Nadat die boodskap gestuur is, het Samantha teruggeval op die bed.

Sy het opgemerk dat haar handdoek oopgekom het en haar linkerbors gedeeltelik ontbloot was, maar sy gee nie om nie.

Hy het nog 'n partytjie gehad om by te kom.

Maar hy het geen idee gehad of hy ooit weer pret sou kon hê nie.

HOOFSTUK III

Net voor die oggendvergadering het Samantha besluit om 'n paar klere uit haar kas te haal.

Kakiebroek, 'n wit knoophemp en 'n donker frokkie.

Toevallig, maar stylvol.

Sy het haar hare in 'n poniestert gedra en minimale grimering gedra.

Die laaste ding wat hy wou doen, was om erotiese vibes af te gee, veral na daardie verskriklike e-posfout, waarop die professor ook nie die moeite gedoen het om te antwoord nie.

Sy is na haar kantoor in die geesteswetenskappegebou.

Toe hy daar aankom, sien hy, deur die glasdeur, die professor wat agter sy lessenaar sit met die rekenaar.

Samantha was 'n bietjie vererg dat die professor op sy rekenaar was, en dat hy nooit die moeite gedoen het om haar terug te e-pos nie.

Ai tog, dink hy, dit sou hom van die ongemaklikheid gespaar het.

Hy klop aan die deur om haar aandag te trek.

"Net betyds," sê die professor. "Maak die deur toe en kry 'n sitplek."

Die professor was baie ouer as sy.

miskien vyf-en-veertig of vyftig jaar oud, twee keer sy ouderdom.

Hy was nogal aantreklik, met 'n streng en sterk houding.

Daar was 'n lug van wysheid oor hom, wat dit duidelik maak dat hy 'n hoogs intelligente persoon was.

Hy maak die deur toe en gaan sit in die stoel oorkant die onderwyser se lessenaar.

Sy het regop gesit met perfekte postuur, die kwessie van die e-pos bly nog in haar gedagtes.

Sy het gewonder of hy dit sou aanspreek of nie.

Tot nou toe het dit nie gelyk of dit die geval was nie.

In plaas daarvan het die professor 'n stuk papier op die lessenaar neergesit.

Dit was 'n drukstuk van Samantha se huiswerk, met handgeskrewe notas oraloor.

"Ek is ou skool," het hy gesê. "Ek verkies om op papier te skryf en met 'n pen kommentaar te lewer. Sal ons nou begin?"

Sy knik.

"Natuurlik."

"Ek sal by die punt kom, ek hou van jou idees. Die storie van 'n jong vrou wat haar pad in die lewe gevind het, is baie herhalend, maar dit is 'n nuwe wending. As ek reg onthou, op die eerste dag van die kursus, jy het gesê jy wil 'n romanskrywer word, reg?"

Sy knik.

"Dis hoe dit is."

"En jy het gesê jy wil hierdie jou eerste roman maak wat jy hoop om eendag te publiseer, is dit ook korrek?"

"Dit is absoluut korrek. En ek het dit nie vir jou gesê nie, maar ek is eintlik 'n groot aanhanger van jou boeke. Hulle is vir my inspirerend. En ek waardeer jou terugvoer regtig."

"Ek waardeer die vriendelike woorde," het hy in 'n kalm stemtoon gesê. "Ek is hier vir jou en al my ander studente. Dit is hoekom ek 'n onderwyser geword het, om my kennis, wat dit ook al is, oor te dra om die volgende generasie skrywers te help."

Samantha kyk na hom met 'n mengelmoes van bekommernis en angs, asof sy diep verneder is om net daar te sit.

"Iets fout?" het die onderwyser gevra.

Sy het haar moed bymekaargeskraap.

"Het jy gisteraand die e-pos nagegaan?"

"Natuurlik het ek. Ons bespreek jou skryfopdrag, reg?"

Sy het soos 'n idioot gevoel.

"Nie daardie e-pos nie. Ek het die ander bedoel, jy weet, die e-pos wat per ongeluk gestuur is. Daar was 'n aanhangsel. Het jy dit afgelaai?"

"Dit is my taak om te kyk wat studente vir my stuur. So ja, toe ek die aanhangsel sien, het ek dit oopgemaak."

"Het jy my foto's gesien?" vra Samantha retories.

"Jou e-posopskrif was dat dit jou huiswerk was. Ek is nie 'n gedagteleser nie, Samantha. Ja, ek het jou foto's gesien. Maar moenie skaam wees nie."

Sy slaak 'n kort sug van verligting.

"So jy is nie teleurgesteld in my nie?"

"Hoekom moet ek wees?"

"Want jou student, wat na 'n gesogte universiteit gaan, sal vir foto's soos dié poseer."

"Ek oordeel nie mense omdat hulle ander paaie verken nie," het hy geantwoord. "Dit is waaroor die lewe gaan, is dit nie? Om uit te vind waarvan jy hou, waarvan jy nie hou nie, en dan besluite te neem."

"Dankie."

"Omdat?"

"Dankie dat jy nie 'n drol is nie," het hy gesê. "Verskoon my taal, maar ek is seker ander professore by hierdie universiteit sou my uitgeskop het. Of dit of eis orale seks of iets."

"Eintlik was ek op die punt om jou dienste aan te vra."

Sy was verbaas.

"O regtig?"

"Ek maak net 'n grap. Jy is waarskynlik reg. Ander onderwysers het dalk daardie e-pos geïnterpreteer as 'n seksuele versoeking. Maar ek is nie soos ander onderwysers nie. Ek verstaan dat mense foute maak met e-posse."

"Wat van die foto's self?" sy het gevra. "Beskou jy dit as 'n fout van my kant af?"

"Jy doen?"

Samantha het regop en uitdagend gesit.

"Nee, ek weet nie. Ek is trots op die foto's wat van my geneem is. Ek dink dit is pragtig en kunstig."

"As dit is wat jy dink, wie is ek om te oordeel ?"

"Ek is bly ons het dit uitgesorteer," antwoord sy verlig.

"Hoekom inkorporeer jy dit nie in jou roman nie? Jy het temas van seksualiteit gesinspeel vir die storie wat jy beplan om te skryf, so hoekom nie iets hiervan inkorporeer nie? Jy hoef nie in besonderhede in te gaan nie, praat net oor jou eie verkenning."

"Eerlik, ek weet nie of ek dit kan doen nie."

"Het jy ondervinding met die leefstyl op daardie foto's?" het hy gevra.

Sy skud haar kop.

"Nie regtig nie ".

"Hoekom nie, mag ek vra?"

Samantha dink vir 'n oomblik.

"Ek het nog nooit iemand gevind wat ek kan vertrou om dit te doen nie. Ek bedoel, seks is een ding, maar onderwerping is 'n ander. Ek voel dat dit baie meer intiem is en net met die regte persoon gedeel moet word."

"Dis hoekom ek van jou hou. Jy is slim, talentvol en sterk. Daar is baie rukke daar buite. Maar 'n ware Meester-sub-verhouding is gebaseer op vertroue en toegeneentheid. Die Meester moet die sub respekteer. Daar moet vertroue wees . Eers dan kan 'n onderdanige heeltemal vry wees om te laat gaan."

'n Glimlag verskyn op haar gesig.

"Hoe weet jy dit alles?"

"Ek praat nie normaalweg hieroor nie, maar ek was 'n Meester vir verskeie vroue in my lewe. Die vroue was baie onderdanig en het my volle gehoorsaamheid gegee. In ruil daarvoor het ek vir hulle gesorg, emosioneel en seksueel. Hulle was verhoudings gebaseer op vertroue en wedersydse begrip."

Vir 'n oomblik was Samantha verstom.

Sy het verwag dat die kantoordatum pynlik ongemaklik sou wees.

In plaas daarvan, wat sy gekry het, was 'n seksueel gevorderde onderwyser wat haar blykbaar verstaan het.

"Dis oukei," het sy gesê. "Ek dink hy is reg. Dit maak sin om van hierdie dinge in my skryfprojek in te sluit. Nie die hele slawerny ding nie, natuurlik nie, maar selfrefleksie en ontdekking."

Die onderwyser het die papier gevou.

"Dan sal jy nou nie al my notas nodig hê nie, aangesien die storie verander het. Maar neem dit saam. Ek stel voor dat jy 'n nuwe storie vir die tweede helfte van jou roman kry, saam met 'n nuwe einde. Baie studente vind dit kursus self om oogopenend te wees. Hulle leer dinge oor hulself tydens die skryfproses. Dis waarvan ek hou van onderrig."

'n Gevoel van teleurstelling spoel oor Samantha toe die professor die gevoude papier voor haar neersit.

"Is ons vergadering verby?" sy het gevra.

"Ja. Jy moet natuurlik dele van jou storie verander, so my kommentaar daar is basies nutteloos."

"Kan ons weer ontmoet? Ek wou nog met jou praat vir 'n paar skryfwenke."

"Ons kan skryf bespreek sodra jy jou plot hanteer het."

'n Nuutgevonde gevoel van vertroue en begrip het oor Samantha gespoel.

Dit was soos 'n openbaring.

Sy liefde vir slawerny en skryfwerk het skynbaar vir die eerste keer bymekaar gekom.

Sy knik.

"Dankie vir alles. Jy is die beste."

"Hoekom kry ek die gevoel dat jy iets beplan?"

"Net my eerste roman," glimlag hy.

"Ek het bedoel wat ek gesê het. Ek hou van die feit dat jy versigtig is met jou fantasieë en jou liggaam. As ek jou een ding kon leer, sou dit wees om niks doms met jou liggaam te doen nie. Respekteer jouself. Dit is die belangrikste ding Ek kan vir 'n jong vrou soos jy leer."

Op daardie oomblik het Samantha gevoelens vir die professor gehad.
Sy voel dit in haar gedagtes, hart en tussen haar bene.
sy het dit geweet.
En die professor het besef wat sy moet dink.

DEEL TWEE
DIE BEELDE

HOOFSTUK I

'n Paar weke het verbygegaan.

Met die sukses van die kunsgalery het die fotograaf vir Samantha gevra om terug te kom na die ateljee om meer foto's te neem, en sy het graag ingestem.

Dit was hul kans om die spanning van die lewe te ontsnap en 'n fantasie te geniet.

Boonop was die geld wat hy daarvoor sou ontvang goed.

As kostuum het sy 'n klein swart uitrusting aangehad, wat bestaan het uit 'n leer bra en broekie.

Hy het ook swart stewels gedra.

Uiteindelik, en die belangrikste, het hy die klein swart maskertjie gedra.

God verhoed dat iemand haar herken het.

Terwyl sy haar uitrusting en masker aangetrek het, het Samantha 'n opwelling van opgewondenheid gevoel terwyl sy vir die fotosessie voorberei het.

Op 'n vreemde manier het sy die behoeftes wat verslaafdes gehad het, verstaan.

Dit was sy verslawing.

Iets waarna hy emosioneel en fisies gesmag het.

Toe sy gereed was, is sy in die ateljee in waar die fotograaf besig was om sy kamera op te stel.

Die ligte, rekwisiete en agtergronde was reeds in plek.

Hulle het hul gewone geselsies en grappies gehad.

Samantha het haar dankbaarheid en blydskap uitgespreek dat die ander portrette goed verkoop het.

Die fotograaf het daarop gewys dat dit alles aan haar te danke was.

"Gaan ons aanhou waar ons opgehou het?" vra die fotograaf, met die kamera in die hand, met die band om sy nek.

"Eintlik wil ek vandag iets 'n bietjie anders probeer."

Hy het oop gelyk daarvoor.

"Het jy iets in gedagte?"

"Nie regtig nie. Ek weet nie. Maar ek voel 'n bietjie meer avontuurlustig."

Hy dink vir 'n oomblik.

"Wat daarvan om nog vel te wys? Ek weet jy was nog altyd daaroor bekommerd, maar meer vel help gewoonlik met verkope."

Na 'n kort oomblik van huiwering, trek Samantha die linkerkant van haar bra af, wat haar klein pienk tepel gedeeltelik openbaar.

"Wat daarvan?" sy het gevra.

Hy het professioneel daaroor gebly.

"Ons kan dit so doen. Sekerlik. Wat van slawerny? Dieselfde as voorheen?"

"Hande hierdie keer agter my rug. En op my knieë. Ek hou van hoe kwesbaar ek sal wees."

"Was daar iets in jou koffie vandag?" het hy geskerts.

"Laat dit gaan. Dis net dat ek 'n vrou is met 'n idee in gedagte."

"Wat jy ook al sê. Ek hou van daardie idee. Kom ons begin hiermee . Ek sal jou polse van agter vasmaak."

Die fotograaf het die kamera laat sak en dit aan sy nek laat hang.

Toe gaan hy vir die toue.

Samantha draai om en sit haar hande agter haar rug.

Voordat hy die toue aan haar kon vasmaak, keer sy hom.

"Wag, wag 'n bietjie."

Samantha het vorentoe gestrek en die regterkant van haar bra ook 'n bietjie afgedruk en haar twee klein pienk tepels ontbloot.

Toe bring hy vinnig weer sy hande agter sy rug.

"Goed, nou is ek gereed," het sy gesê.

Die fotograaf het die tou in 'n knoop vasgebind en Samantha se hande gevat.

Dit het haar 'n vreemde gevoel van bevrediging gegee, veral noudat haar tepels ontbloot is.

"Nou is ons gereed om te gaan. Gee my 'n pose. Aangesien jy vandag avontuurlustig voel, sal ek jou laat improviseer. Doen wat jy wil."

Samantha het die fotograaf in die gesig gestaar, wat 'n paar treë teruggetrek het en foto's begin neem het.

Dit het haar vreemd laat voel dat 'n man foto's van haar kaal tepels sou neem terwyl haar hande vasgebind is.

Dit was so opwindend en sy voel 'n gons tussen haar bene en tintelende sensasies deur haar tepels.

Daar was nie veel wat hy met sy arms kon doen nie.

En sy was gewoond daaraan om instruksies te ontvang terwyl sy modelwerk.

Die begin was dus 'n bietjie ongemaklik.

Bietjie vir bietjie het hy daaraan gewoond geraak, sy skouers, heupe en voete beweeg om verskillende houdings te vorm.

Toe gaan hy op sy knieë.

'n Kwesbare houding.

Hy het verskillende skote uit verskillende hoeke geneem.

Sy draai na die kant.

Hy het nog foto's van haar geneem.

Sy het omgerol en haar maag en haar tepels in die grond gedruk.

Hy het foto's van haar boude geneem.

Toe rol sy op haar rug, haar hande agter haar vasgebind, haar tepels wys op in die lug.

Hy het nog foto's van haar geneem en 'n storm van adrenalien gevoel.

Dank God vir die masker, wat hom toegelaat het om sy identiteit te bewaar wanneer hierdie beelde in verskeie kunsgalerye gepubliseer sou word, gesien deur God weet hoeveel mense.

Ekshibisionisme was vir haar 'n vreemde emosie.

Maar nie soveel as voorlegging nie.

HOOFSTUK II

Ná 'n vinnige masturbasiesessie in haar slaapkamer het Samantha haar hande gewas en haar gemaklik op haar bed gemaak.

Sy sit regop met haar rug teen die kussing en die skootrekenaar op haar skoot.

Vars van die fotosessie was sy gewapen met nuwe emosies en ervarings, wat perfek was vir 'n amateurskrywer soos sy.

Hy het die woordverwerker oopgemaak en voortgegaan met sy skryfopdrag, wat ook die basis vir sy eerste roman sou wees.

Ek het al verskeie bladsye laat doen.

Terwyl sy Samantha geskryf het, het sy 'n padblokkade raakgeloop.

Hy het gewonder hoeveel van sy persoonlike lewe hy sou gebruik.

Hy het gewonder hoe ver die karakter in die verhaal sal kies om te verken.

En verken wat?

Samantha se fantasie was seksuele onderwerping.

Dit is waarna sy nog altyd gesmag het.

Dis wat sy wou hê.

Maar om dit in die boek te plaas, sal jou familie en vriende jou innerlike gedagtes laat weet, want hulle sal dit almal lees.

Hulle sou wonder of Samantha 'n suiwer fiktiewe storie skryf, of sy haar eie wense uitspreek en die boek as 'n kommunikasiemiddel gebruik.

Dit was die skrywer se dilemma.

Gelukkig het sy die man geken met wie sy hieroor kon praat.

Hy het sy Gmail-rekening oopgemaak en gesien hy het twee e-posse.

Een van 'n vriend, die ander van die fotograaf wat sopas die nuutste stel beelde wat hulle saam geneem het vroeër daardie dag per e-pos gestuur het.

Maar dit was nie nou belangrik nie.

Sy het 'n boodskap geskryf met 'n direkte opskrif: Kan ons ontmoet?

"Hallo onderwyser,

Ek hoop jy is goed. Vordering met my skryfopdrag was bestendig, maar ek het 'n padblokkade getref wat die storie betref.

Meer spesifiek, ek sukkel met hoeveel van my persoonlike lewe ek daarby moet insluit. En ja, ek verwys na die onderwerp wat ons 'n paar weke gelede in u kantoor bespreek het. Ek is seker jy verstaan hoe ek hieroor moet voel.

Help my asseblief!

Samantha"

Hy het die boodskap gestuur.

Sy lees toe haar vriend se e-pos en stuur 'n vinnige antwoord.

Uiteindelik het hy die e-pos van die fotograaf oopgemaak, wat 'n kort opmerking saam met 'n aanhangsel gehad het, wat altesaam agt-en-sestig beelde bevat het.

Sy het die lêer afgelaai en kortliks na die beelde gekyk.

Dit was 'n bietjie surrealisties om haarself so te sien.

Hande agter sy rug vasgebind.

Die masker wat sy identiteit versteek het.

En haar ontblote tepels.

Die foto's van haar op haar knieë en op haar rug was opwindend.

Erotiese kuns-entoesiaste sal beslis sulke beelde by die volgende uitstalling by kunsskoue koop.

Hulle was briljant gedoen, dink Samantha.

Hy het vlugtig gewonder of hy daardie selfde foto's vir die professor moet stuur.

Miskien sal hy hulle ook graag wil sien.

Hy verstaan natuurlik Samantha se keuses, wat sy opreg waardeer het.

Ook was daardie beelde ietwat relevant vir haar skryfopdrag, aangesien dit 'n uitdrukking was van haar eie seksualiteit en verkenning.

Samantha het nog 'n e-pos met 'n kort kopskrif en 'n kort boodskap vir die onderwyser saamgestel.

Hy het die lêer aangeheg met die agt-en-sestig beelde wat die fotograaf daardie selfde dag van hom geneem het.

Sy het vir haar onderwyser meer slawerny-foto's gestuur, maar hierdie keer sou dit doelbewus wees, nie per ongeluk soos voorheen nie.

Sy vinger het 'n bietjie op die 'stuur'-knoppie van die e-pos vertoef.

Sy het gehuiwer.

Hy het toe die e-pos heeltemal uitgevee.

Wat sou die onderwyser dink as sy vir hom nog 'n stel slawerny-foto's stuur?

Sy maak seker die spot met hom, dink hy, aangesien hy vir haar gesê het die ander een was 'n fout.

Of dat sy desperaat probeer het om hom te verlei.

'n E-pos het opgedaag.

Dit was 'n antwoord van die onderwyser:

"Natuurlik is ek môre negeuur soggens vry. Ek gee 'n ander klas om tien in die oggend so tyd is beperk.

Stuur vir my jou storie. Ek sal dit vanaand lees en ons kan dit môre bespreek.

Onderwyser"

Dinge was aan die gang en die wiele was aan die rol gesit.

Sy het hom teruggestuur met 'n aanhegsel van haar storie.

Sy het gewonder wat hy sou dink.

HOOFSTUK III

Die volgende oggend.

Die deur na die professor se kantoor was oop.

Soos gewoonlik het dit gelyk of hy werk en na 'n paar papiere op sy lessenaar kyk.

Samantha het soortgelyk aangetrek as hul vorige ontmoeting.

Iets gemaklik, maar deftig. Nie te sexy nie, nie te preuts nie.

Sy wou nie die verkeerde seine stuur nie, veral met dit waarmee hulle gaan stry.

Nadat hy aan die deur geklop het, het die onderwyser die student gesien en haar genooi om in te gaan.

Hulle het 'n paar lekkernye uitgeruil terwyl sy oorkant hom by die lessenaar gesit het.

Sekerlik, hulle het al baie keer in die klas gepraat, maar 'n privaat vergadering was altyd meer spesiaal.

"Het jy alles gelees?" sy het gevra.

"Ek het. En ek het baie daarvan gehou," het hy geantwoord. "Soliede werk. Jy het 'n goeie talent. Ek dink jou sterkpunt as skrywer is jou realisme. Daar is groot diepte aan die karakters."

Trots het in Samantha opgevlam, maar sy het dit reggekry.

"Dankie. Ek het al baie hieroor gedink."

"Ek is seker jy het dit gedoen. As 'n skryfopdrag is hierdie waarskynlik 'n A-vlak werk," het hy verduidelik. "Maar jy is nie tevrede daarmee nie, of hoe? Jy wil 'n romanskrywer word."

"Dis hoe dit is."

Die professor het 'n paar vraestelle geneem.

"'n Paar aantekeninge wat ek gemaak het wat ek met jou wou bespreek. Hierdie is eenvoudige voorbeelde om jou beskrywings en syverhale uit te brei sodat jy 'n goeie boek kan voltooi. Ek verwag egter nie dat jy dit nou sal doen nie. Eerlik gesê, as elke student het vir my 'n lang roman oorhandig, ek sou oorweldig word . " voortdurend lees."

Samantha vat die papiere en haar oë kyk vinnig na die notas.

"Dit is ongelooflik. Dankie."

"Dit is nie nodig om my te bedank nie."

"Gaan dit vir al die studente?" sy het gevra.

"Slegs vir studente wat 'n romanskrywer wil word en 'n ekstra vlak van kritiek wil hê. Ek help altyd graag in daardie verband."

"Het jy al ooit by 'n student geslaap?" Hy het reguit gevra, nie omgee oor die moontlike gevolge nie.

"Hoekom vra jy my dit?"

"Ek doen karakternavorsing vir my skryfopdrag."

Hy glimlag.

"Is dit so? Jy is 'n direkte meisie, weet jy dit?"

"Skaam meisies kan nie in 'n skool soos hierdie kom nie. Dit is verseker."

"Jy is seker reg daaroor."

"So wat is die antwoord?"

"Ek het, met 'n student 'n paar jaar gelede," het hy geantwoord. "Maar hou in gedagte dat ek nie 'n stalker was nie. Ek het nog nooit 'n student seksueel vervolg nie."

"So hoe het dit gebeur?"

"Kom ons sê ons het 'n gemeenskaplike vriend gehad en ons het by 'n partytjie ontmoet. 'n Swingerspartytjie. Ons het albei teenoorgestelde kante van dieselfde belangstellings gehad. Sy was 'n stoere onderdanige. Ek was 'n ervare Dominant. Jy kan die res voorstel."

"Interessant."

"Gaan dit regtig in jou storie wees?"

"Waarskynlik," het sy geantwoord. "In my verhaal vorm die jong vrou 'n verhouding met 'n man wat baie ouer is, en wat baie meer ervaring in die lewe het."

"Ook aantreklik, hoop ek."

"O ja."

"Daarvan gepraat, jy het iets in jou e-pos genoem oor die inkorporering van jou persoonlike lewe in jou storie."

Samantha knik.

"Dis reg. My hart en verstand wil die storie in dieselfde rigting neem. Die ding is, daardie rigting behels, jy weet, seks. Die meeste jongmense gaan deur hierdie fase, waar hulle net seks en sy skoonheid wil verken. Ek dink dit is hoekom dit in my skryfwerk vloei."

"En jy is bekommerd dat mense jou sal oordeel op grond van die inhoud van jou storie."

"Presies. Het jy dieselfde met jou boeke deurgemaak?"

"Natuurlik doen ek. Maar dit is anders. Ek is 'n man. Jy is 'n jong vrou. Die samelewing het verskillende standaarde vir ons wanneer dit by seks kom. Maar as jy 'n antwoord van my soek in daardie rigting, Ek is jammer ek kan nie vir jou een gee nie. " antwoord. Dit moet joune wees. Dit is jou kuns, jou storie, nie myne nie."

Samantha dink vir 'n oomblik en knik.

"Kan ek jou iets wys?"

"Natuurlik."

"Wag 'n Bietjie."

Samantha reik na haar foon en soek deur haar foto's.

Hy het toe sy foon aan die onderwyser gegee.

"Dié is van 'n fotosessie wat ek gister gedoen het," het hy verduidelik. "Ek het hulle amper gister vir jou gestuur, maar ek het nie gedink dit is gepas nie."

Hy het deur die eksplisiete beelde gegaan.

"So hoekom dink jy is dit nou gepas?"

"Omdat ek jou opinie waardeer. En ek wou jou wys dat ek jou raad geneem het van die laaste keer toe ons ontmoet het. Jy het vir my gesê om my liggaam te respekteer. Wel, ek het. Ek doen. Daardie houdings was my idee. Dit is my fantasie en my seksuele uitdrukking soos 'n gesonde jong vrou."

Die onderwyser het weer na die foto's op die foon gekyk.

"Jy lyk beslis soos 'n gesonde jong vrou."

Hy gee die foon aan haar terug en Samantha sit dit weg.

"Kan ek jou 'n persoonlike vraag vra?"

"Hoekom nie? Ons het al persoonlik geraak."

Sy sluk.

"As 'n Meester, wat sou jy aan jou onderdanige doen, as sy in daardie posisie was? Op haar knieë met haar hande vasgebind."

"Enige spesifieke rede waarom jy dit wil weet?"

"Ek is net nuuskierig. Dit sal help met my skryf van huiswerk, aangesien ek sou verstaan wat 'n ware Meester in daardie situasie sou doen."

Hy dink vir 'n oomblik.

Miskien het hy gedink oor wat hy sou doen.

Miskien het hy gedink of hy dit moet sê of nie.

Samantha kon nie sê nie.

Uiteindelik het die professor sy antwoord gegee:

"Ek sou jou keel oefen."

Sy was kortstondig verras.

"Ek dink jy bedoel..."

"Diepkeel. Verskoon die taal, maar dit is wat ek sou doen. Dit is die mees voor die hand liggend in daardie posisie, is dit nie? Jy is op jou knieë. Met jou hande agter jou rug vasgebind, sal jy nie kan weerstaan my mondelinge inskrywing."

Samantha voel hoe haar poesie knyp.

"Dit maak beslis sin."

"Wel, dit is hoe jy 'n goeie storie skep. Jy stel jou al die scenario's voor en wat volgende sou gebeur. Hoe die verskillende karakters in elke situasie sou reageer. Dit is hoe jy moet dink."

"Ek weet."

Hy lig 'n wenkbrou.

"Dit lyk of jy meer van jou volle storie het as wat jy vir my gestuur het."

" Ek het alles vir hom gestuur," het hy met 'n speelse uitdrukking gesê. "Ek het ook baie idees, maar ek het dit nog nie neergeskryf nie. Ek moet oor die angs kom van mense wat my gedagtes ken."

"Skrywers kan nie die perke verskuif as hulle angstig is oor wat mense dink nie. Dit is verseker."

"Het jy enige wenke daarvoor?" Vra hy met 'n effens hoë stem, asof hy iets voorstel.

"Wel, ek het al my romans op dieselfde manier geskryf, dit is om die beste moontlike storie te produseer wat ek wil vertel, en met die hoop dat mense dit sal geniet om dit te lees."

"Maak sin."

"Maar ek sal dit nie vir jou aanbeveel nie, gegewe die aard van wat ons bespreek het," het hy bygevoeg. "Dit moet jou besluit wees watter soort storie jy wil vertel, hoe eerlik dit is en hoeveel seks jy wil insluit."

"Sê nou ek wil, jy weet, die grense verskuif?"

"Dit is jou oproep. Maar soos ek gesê het, moenie dom daaroor wees nie. Hierdie wêreld is vol mense wat jou graag vir seks wil gebruik."

"Wat as ek gebruik wil word? "

Die professor kyk haar direk in die oë.

Sy het sy blik teruggekeer.

Nie een van hulle was onkundig nie.

Hulle het presies geweet wat deur mekaar se gedagtes gaan.

"Ek is te oud vir speletjies, Samantha," sê die professor. "Ek was reeds vrygewig met my tyd en terugvoer. So as jy iets meer van my wil hê, moenie speletjies speel nie, wees net 'n volwasse vrou en sê dit."

Samantha voel hoe haar bors toetrek.

Sy het inasem en harder uitasem.

"Sal jy my help? Sal jy my leer?" Hy het reeds met selfvertroue gesê.

"Wys jou wat, presies?" vra hy skerp, soos 'n onderwyser wat 'n slegte student uitskel omdat hy te vaag is. "Wees duidelik."

"Sal jy my Meester wees?"

"Daardie verkiesing is 'n geskenk," het hy gesê. "Jy moet wys kies."

Sy haal diep asem.

"Het ek net 'n aaklige fout gemaak? God, ek is 'n idioot. Ek is so jammer. Asseblief, ek smeek jou, moenie dat dit ons akademiese verhouding verwoes nie. Ek wil regtig aanhou om met jou te werk . "

"Is jy hard wanneer jy orgasme?" vra hy reguit.

"Jammer?"

"Dis 'n eenvoudige vraag. Ek dink jy het my reg gehoor."

Sy maak haar keel skoon.

"Ek is amper normaal. Maar dit hang natuurlik alles af van my bui en hoe ek voel."

"Lig jou hemp op, lig dan jou bra op om jou tepels bloot te stel, net soos in daardie foto's."

Dit was die oomblik van die waarheid.

Die eerste keer dat Samantha hom aan 'n man sou onderwerp.

Hy lig sy versigtig gestrykte hemp om sy kaal maag te openbaar.

Dan hoër om haar wit bra, wat haar ietwat versteurde borste bevat, te openbaar.

Sy lig toe haar bra om haar klein pienk tepels te openbaar.

"Is dit jou idee om my te oorheers?" vra sy en daag hom amper uit om meer te doen.

"Dit is 'n begin. Wil jy verder gaan?"

"Ja."

"Speel met jou tepels. Knyp. Druk. Ek sal graag wil sien hoe jy dit doen."

Samantha het die onderwyser gehoorsaam.

Sy knyp en druk haar klein pienk tepels terwyl hulle aanhou om in mekaar se oë te kyk.

"Is dit my inisiasie?" sy het gevra.

"Nie presies nie. Nog nie."

Sy het voortgegaan om haar tiete te streel.

"Dit is nie?"

"Ek sal eers moet sien hoe dapper jy is. 'n Fotosessie is een ding, die regte lewe is 'n ander," het sy verduidelik. "Knoop jou broek oop. Speel vir my met jou kaal vagina. Net daar. Orgasme, maar doen dit rustig. Dan bespreek ons later om jou grense te verskuif."

Sy begin haar broek oopknoop.

"Ek kan dit hanteer."

"Maak dit jou ongemaklik?"

"Dis 'n bietjie vreemd," antwoord sy met 'n effense skouerophaal. "Maar dit is opwindend."

Met haar broek oopgeknoop het sy haar regterhand by haar broekie afgegly en oor haar klit gevryf.

Hulle het oogkontak gehou terwyl sy masturbeer, asof dit 'n waagstuk van een of ander aard was.

"Wat dink jy?" gevra.

"Wil jy regtig weet?"

"Natuurlik."

Samantha het aanhou speel met haar klit.

"Albei doen 'n fotosessie saam. 'n Slawernysessie."

"Wat sou ons doen?"

"Jy sal my vasbind. Dan sal jy my keel oefen."

"Hard? Of sag?"

sy glimlag.

"Hoekom vertel jy my nie?"

"Ek is altyd gaaf," antwoord hy en kyk hoe sy student vir hom masturbeer. "Ek sal liewer my tyd neem en stadig gaan. As ek jou diep keel, sal dit amper romanties wees, op 'n vreemde manier. Ek sal baie stadig gaan. Maak seker jy kan die regte hoeveelheid neem. Wanneer jy gewoond is daaraan dit, ek sou 'n bietjie vinniger, 'n bietjie vinniger gaan." bietjie harder."

Samantha vryf vinniger oor haar klit terwyl sy luister hoe haar juffrou praat.

Sy het die scenario voorgestel wat hy vertel het terwyl hy gepraat het.

"O God," hyg hy en vryf vinniger.

"Ek dink jy is gereed om 'n onderdanige te wees. En miskien wil ek graag jou Meester wees."

Samantha het weer die woorde 'o God' gesnak terwyl sy haar hoogtepunt bereik het.

Daar was geen verleentheid of ooreenkoms toe sy die professor in die oë kyk nie.

Sy was vir 'n oomblik amper uitasem terwyl haar liggaam gespanne het, en dan losgelaat.

Sy bewe effens toe alles verby is.

Die onderwyser het opgestaan en na die student gestap, wat nog besig was om van haar orgasme te herstel.

"Welgedaan," het hy gesê.

Die juffrou het Samantha se bra aangetrek en haar borste ingedruk om haar tepels te bedek.

Toe trek hy haar hemp af en maak seker dit is mooi en netjies.

Toe help hy haar haar broek toeknoop.

Teen die tyd dat die juffrou Samantha klaar aangetrek het, het sy so goed soos nuut gelyk, met 'n helder uitdrukking op haar gesig en effens klam vingerpunte.

"Wat is volgende?" sy het gevra. "Vir ons."

"Volgende? Ek het binnekort klas. Ek moet gaan. En as ek my nie vergis nie, het jy ook binnekort klas."

"Ek het dit."

"Wil jy weer ontmoet?"

Sy knik.

"Ek het jou lief."

"Net om jou skryfopdrag te bespreek?"

Sy huiwer, haar stem bewe.

"Ek wil, jy weet, hiermee voortgaan. My opleiding. Hierdie ervaring is nuttig vir my skryfproses."

"En wat nog?"

Sy het presies geweet wat die professor wou hoor.

"En ek dink dit is baie opwindend," antwoord sy eerlik. "Dit is my groot fantasie. Ek het vir jou gekom en aan jou gedink. Ek wil jou onderdanig wees."

" Maandag. Kom hier, na my kantoor toe, seweuur die oggend."

"Hoekom so vroeg?"

"In geval jy per ongeluk skree, ek wil nie hê iemand moet dit hoor nie."

Samantha se oë rek groot en haar poesie klem.

HOOFSTUK IV

Sy het die naweek aan nog 'n fotosessie saam met dieselfde fotograaf deelgeneem.

In dieselfde ateljee.

Met dieselfde bykomstighede.

Die beelde het meer riskant geword namate sy gemaklik geraak het met haar seksualiteit en onderdanige voorkeure.

Sy het gevra dat die toutjies stywer moet wees.

Sy wou probeer voel hoe dit is om 'n ware onderdanige te wees.

En sy het net dit gedoen.

Die finale resultaat was baie eroties, maar met groot smaak gedoen.

Samantha was weer op haar knieë, haar polse voor haar vasgebind en 'n swart masker op haar gesig.

Tydens die fotosessie, in al die liggaamsuitdrukkings wat sy gemaak het, het sy 'n hoë sensualiteit uitgestraal omdat sy heeltyd gedink het dat die onderwyser haar oplei.

Terug in die slaapkamer skryf Samantha onophoudelik en intens op haar skootrekenaar, terwyl sy in haar gunsteling skryfposisie op haar bed sit, haar rug op die kussing gestut.

Haar kamermaat, Vicky, het in die bed langsaan gelê, net met 'n T-hemp aan.

Terwyl Vicky haar lyf uitgestrek het, was haar poesie ontbloot, maar hulle was nou albei gewoond aan mekaar se lywe.

"Al wat jy doen is om te skryf," het Vicky gesê. "Is jy ooit verveeld met daardie ding?"

Samantha het voortgegaan om te skryf.

"Glad nie."

"Jy sal seker hierdie semester goeie punte kry met alles wat jy geskryf het. Kom ons gaan uit vir hamburgers en shakes."

"Ek moet my dieet dophou."

"Eet dan net die burger en slaan die melkskommel oor."

Samantha hou stil en kyk na haar kamermaat.

"Dit is nie 'n slegte idee nie. Dit is te lank sedert ek 'n burger gehad het."

"My geskenk. En ek ken presies die plek," sê Vicky en spring uit die bed.

Samantha was op die punt om haar skootrekenaar toe te maak toe sy iets onthou.

Sy het na die foto's gesoek.

"Wag, kan ek jou vinnig iets wys?"

Vicky het aangestap en na die eksplisiete beelde op die skootrekenaar gekyk.

Beelde van 'n gedeeltelik naakte Samantha, op haar knieë, haar polse vasgebind en treffende sensuele houdings.

"Verdomde meisie," het Vicky uitgeroep. "Is dit regtig jy?"

"Ja."

"Ek het geen idee gehad dat jy so..."

"Seks simbool?" Samantha terg. "Ek probeer daardie kant verborge hou."

Vicky lag.

"Wel, wat jy ook al doen, hou so aan. Teen hierdie tempo sal jy nie eens 'n universiteitsgraad nodig hê nie, jy kan 'n professionele model wees."

"Ek verkies my huidige professionele loopbaan."

"Wat ook al vir jou werk. Intussen is ek honger. Kom ons trek aan."

Samantha kyk hoe haar kamermaat na die kas gaan en haar hemp uittrek en haarself heeltemal naak laat.

Soos gewoonlik het Samantha 'n bietjie bewondering gevoel dat Vicky in die boob-afdeling geseën is, met groot, aandagtrekkende tiete, maar Samantha het probeer om nie jaloers te wees nie.

Sy het ook 'n bietjie skuldig gevoel omdat sy nie haar kamermaat van die situasie met die onderwyser vertel het nie.

Sedert hoërskool was hulle altyd eerlik oor alles, veral oor die seuns.

Hulle het nooit geheime vir mekaar gehou nie.

Maar dit was anders.

Die onderwyser het Samantha laat belowe om vir niemand te sê nie, en Samantha het altyd haar woord gehou.

Voor sy uit die bed klim, het Samantha vinnig haar Gmail-rekening oopgemaak en 'n boodskap vir haar onderwyser saamgestel.

Sy het die nuutste weergawe van haar skryfopdrag aangeheg.

Sy het toe die nuutste slawerny-foto's wat sy daardie dag geneem het, aangeheg.

Gestuur.

Samantha sit die skootrekenaar weg en trek haar klere uit en trek langs haar kamermaat af.

Ek het baie nodig gehad om iets gelaai met kalorieë te eet.

DEEL DRIE
DIE TOUE

HOOFSTUK I

Teen die tyd dat Maandagoggend rondgerol het, was Samantha nie meer bekommerd oor haar uitrusting of voorkoms nie.

Nie soos hy by die ander geleenthede was wat hy met die professor ontmoet het nie.

Sy was al gewoond daaraan om die professor privaat te sien, en het reeds vir hom gemasturbeer.

Sy het 'n eenvoudige bloes gedra, haar hare in 'n poniestert en ligte grimering op haar gesig.

Dit was ook te vroeg om iets anders te dra.

Daar was ook die kort instruksies wat die professor hom die vorige aand per e-pos gestuur het.

Hy het haar gevra om 'n kort rompie en geen broekie te dra nie.

'n Versoek wat sy gretig was om te vervul, hoewel sy geen idee gehad het wat gaan gebeur nie.

Die professor het omtrent dieselfde tyd by die gebou aangekom.

Gedurende daardie tyd van die dag was daar byna niemand.

Sy het haar gewone kantoortas gedra, wat gewoonlik haar skootrekenaar en boeke vir die klas bevat het, saam met sleutels in die hand om haar kantoordeur oop te maak.

Op hierdie stadium het hul verhouding toevallig geword en toe hulle mekaar sien, het hulle gewonder oor mekaar se naweek.

Samantha het gevoel hoe sy 'n bietjie meer flirterig met hom word, en die onderwyser was baie minder ernstig as in die klaskamer.

Die professor het die deur gesluit toe hulle die kantoor binnegekom het, wat ongewoon was aangesien hy dit nooit gesluit gehou het toe hulle binne was nie.

Toe hulle oorkant mekaar sit, het die gesprek verander.

"Ek het jou dokument gelees," het hy gesê. "En ek het jou foto's gesien."

Dit het haar senuweeagtig gemaak om een of ander rede wat sy nie kon verduidelik nie.

Sy het die feit probeer wegsteek dat sy vlugtig gevroetel het, aangesien sy hom geen soort swakheid wou wys nie.

"Wat het jy van dit alles gedink?"

"Ek dink jou skryfwerk is solied. Die storiestruktuur is goed. Grammatika is onberispelik. Jy het 'n goeie begrip van die Engelse taal en ek hou daarvan dat jy die beskrywings afwissel. Belangriker nog, die storie en karakters is goed ontwikkel. Amper aangegryp Dit voel outobiografies. Dit is aanskoulik. Ek hou daarvan."

Op enige ander tydstip sou Samantha heeltemal gevlei gewees het deur die toekennings wat sy pas ontvang het van 'n onderwyser wat sy diep gerespekteer het.

Maar nou, terwyl sy sonder haar broekie aan sit, was dit die laaste ding waaroor haar dink.

"Wat dink jy van die foto's?"

"Jy is 'n pragtige jong vrou, Samantha," het hy gesê. "Ek het altyd so van jou gedink."

"Jy wou hê ek moet soggens seweuur hierheen kom, wanneer niemand anders by is nie. Jy het vir my gesê ek moet 'n romp dra. En ek dra ook nie 'n broekie nie."

"So, jy het hierheen gekom net om opgelei te word, is dit dit?"

Sy knik.

"Is ek belaglik?"

"Staan op en kyk vorentoe."

Samantha staan op, pas haar hemp en romp aan sodat dit netjies lyk, en kyk reguit vorentoe.

Die professor staan ook op en stap na haar toe, kyk mooi na haar mooi jong gesig en probeer haar gesigsuitdrukkings lees.

Dit lyk of Samantha se lippe styf trek.

Sy lyf was gespanne en styf, maar daar was 'n bietjie vonkel in sy oë, asof hy lank hiervoor gewag het.

"Ek hou baie van jou, Samantha," het hy gesê. "Jy is slim, gedrewe, baie gaaf en pragtig."

"Dankie," sê sy amper fluisterend.

"Ek moet vir jou sê dat ek dit geniet om Meester te wees. Dit is iets wat ek baie ernstig opneem. En ek sorg altyd vir my dienaars."

Dienaars? Samantha het gehou van waarheen dit op pad was.

"Ek verstaan," het sy geantwoord.

"En jy? Weens ons ouderdomsverskil en my posisie by die universiteit kan ons nooit uitgaan nie. Ons kan nooit romanties raak nie. Pla dit jou?"

"Ek kan 'n geheim hou. En ek is te besig om 'n kêrel te hê."

"So lieflike Samantha soek 'n Meester? Uit pure seksuele nood, nie waar nie?"

"Ek dink jy weet dit al," sê hy sag.

"Het jy hieroor gedink? Is ek jou eerste Meester? Gee jouself heeltemal aan my? Ek sal nooit halfpad gaan nie. Sodra jy myne is, sal ek met jou doen wat ek wil. Ek sal jou tot jou grense druk. . Maar as jy dit wil beëindig , sal dit verby wees."

Samantha se poes knyp.

"Dit is waarna ek soek. Ek wou nog altyd, jy weet, 'n sub wees. En ek wil by jou wees."

"Want ek?" het hy gevra.

Sy het senuweeagtig geraak.

"Uit jou ervaring hiermee. Ek is mal daaroor dat jy so versigtig is. En ek is mal oor hoe jy dink. Wie jy is. Ek is mal oor die hele onderwyser-leerling-ding. Ek hou van die gebiedende mag wat jy oor my het."

"Lig jou romp op."

Samantha het haar romp opgelig om haar skoongeskeerde vagina en kaal bodem te openbaar.

Sy was senuweeagtig en haar hande bewe effens toe sy haar romp vashou.

"Jy is mooier persoonlik as op foto's," het sy gesê.

"Dankie."

"Leun nou oor. Sit jou hande op my lessenaar. Sprei jou bene."

Samantha het gehoor gegee.

"Wat gaan jy doen?"

"Ek gaan jou 'n groot guns doen. Hierdie is vir jou skryfopdrag. Ek hou van waarheen jou storie op pad is. Maar jy het 'n paar dinge om te leer. As jy behoorlik oor 'n seksuele reis wil skryf, dan as jou onderwyser, ek wil graag hê jy moet." ervaar dit eerstehands."

Samantha se poes ruk terwyl sy haar posisie op die lessenaar behou.

Hy hou sy oë reguit voor terwyl die professor deur sy kantoorsak soek.

Hy het geen idee gehad waarna hy soek nie, en hy wou ook nie kyk nie.

Ek was te bang om te kyk.

Sy wou dinge net laat vorder.

Sy hande het oor haar gladde onderkant en getinte dye begin vryf.

"Wat 'n pragtige bene," het hy opgemerk. "Ek gaan 'n prop in jou boude sit. Het jy al ooit een van daardie gevoel gehad?"

"Nee. Dink jy ek sal daarvan hou?

"As jy ontspan en doen wat ek vir jou sê, sal jy baie dinge geniet."

Die professor het sy boud soos deeg geknie.

Druk hard en masseer.

Toe hy sy gat oopsprei, het Samantha baie blootgestel gevoel.

Sy het geweet hy kyk diep in haar anus.

Toe los hy dit.

"Dit kan 'n bietjie koud voel," het hy gesê en 'n lube oopgemaak.

Samantha se lyf ruk toe die professor met gesmeerde vingers aan haar gat vat, maar sy het vinnig beheer herwin en stilgehou.

Vingers het om haar anus getrek voordat dit na binne gedruk word en haar rektum met die anale lube bedek.

"Hou jy van anale seks?" gevra.

"O ja. Maar net as ek in 'n goeie bui is. Soos jy kan sien, is ek 'n bietjie styf daaragter."

"Dit voel so. Ontspan nou, hierdie gaan eers 'n bietjie ongemaklik voel, maar jy sal gewoond raak daaraan. Ek belowe."

Nadat hy sy vinger weggetrek het, het die professor 'n prop teen Samantha se anale ring gedruk.

Dit was vier duim.

Hanteerbaar vir enige dame.

Hy het 'n sagte druk gegee en die prop het deur die ring van sy anus gegaan, danksy die smeermiddel.

se lyf krul en sy snak, maar sy behou haar kalmte.

Hy het dit gedruk totdat dit heeltemal binne was.

Die kolfprop is ontwerp om al vier duim in te gaan en dan deur 'n plat oppervlak gestop te word, sodat Samantha later kon sit sonder te veel ongerief.

"Nou, ek gaan iets in jou vagina plaas," het hy gesê. "'n Klein vibrator wat net ek kan beheer."

Samantha skud haar boude.

"Ek is oorgelewer aan u genade."

"Goeie meisie."

Die professor het in sy kantoorsak gekyk en 'n klein vibrator van omtrent ses duim lank uitgehaal, wat bande gehad het sodat dit vasgemaak kon word.

Hy het Samantha se dun bruin lippe geskei en haar pienk spleet ontbloot.

Sy was nat, so ek het geweet sy is aangeskakel.

Toe druk hy die vibrator teen haar nat gat en druk.

Toegang was maklik, veral omdat Samantha se bene gesprei was en haar poes opgewek was.

Duim vir duim het die vibrator sy pad in Samantha se poes gemaak.

Sy het haar hand teen die tafel gedruk, geniet die gevoel van die ingang, en geniet ook die feit dat dit die onderwyser is wat dit doen.

Sodra die klein vibrator heeltemal in was, het die professor die bande om Samantha se bene en agterkant vasgemaak totdat die vibrator veilig was.

"Maak nie saak hoe hard daardie dingetjie vibreer nie, ek gaan nêrens nie." dink sy

"Sit nou," sê die professor.

Samantha maak reg, maak haar romp glad en sit terug in die sitplek oorkant die lessenaar.

Dit was 'n bietjie ongemaklik soos hy verwag het.

Dit was die eerste keer dat ek 'n butt plug gebruik het, en dit was vreemd om op te sit.

Sy rektum is uitgerek en hy het gevoel sy boude het reeds pyn.

Die vibrator wat in haar poesie vasgegord was, was ook 'n vreemde sensasie.

Ek het nog nooit so iets gevoel nie.

Gewoonlik wanneer iets van daardie grootte en vorm in haar poes was, was Samantha op haar rug, of hande-viervoet, en sit nie regop nie.

Gekombineer was die gevoel surrealisties.

Albei haar gate was gevul met seksspeelgoed.

En dit was vir 'n rede.

So ongemaklik soos dit was, was dit ook seksueel opwindend.

"Dan gaan ek jou aan die stoel vasmaak," het hy gesê.

Sy sluk.

"Ek kan dit hanteer."

Die professor was getrou aan sy woord.

Binne sy kantoorsak was bloukleurige toue wat gelyk het of dit 'n gladde tekstuur het.

Toe Samantha se linkerpols aan die stoel vasgemaak is, het sy gesien hy is reg.

Die tou voel sag teen haar kosbare vel.

Die knoop wat die onderwyser vasgebind het, het professioneel en korrek gelyk.

En hy het dit met die perfekte hoeveelheid druk gedoen.

Dieselfde proses is met sy regterpols herhaal.

Toe kom haar enkels.

Sy kyk hoe die professor die proses met elkeen van haar enkels bekwaam herhaal.

Sy het na hom gekyk en haar verwonder aan sy vaardighede.

Hy was beslis 'n ervare Meester, veral as dit by toue kom, het hy gedink.

Geen wonder dat die professor so begripvol was oor Samantha se slawerny-foto's nie, aangesien sy presies dieselfde fetisj gehad het, het hy gedink.

Toe dit verby was, was Samantha heeltemal aan die stoel vasgemaak, met seksspeelgoed in haar boude en vagina.

Dit was 'n ander soort euforie as om aan 'n fotosessie deel te neem.

Dit was die regte lewe.

En hy was heeltemal uitgelewer aan die genade van sy leermeester, wat hy diep bewonder het.

Hy leun terug, boude teen sy lessenaar, kyk na sy handewerk.

Samantha vasgebind aan die sitplek.

"Ek wens jy kon jouself sien," sê die professor. "So mooi, so hulpeloos. Die perfekte vertoon van onderdanigheid."

Sy knik.

"Te danke aan jou."

"Is dit wat jy verwag het? Hoe voel jy? Is jy spyt daaroor? Vind jy dit vernederend? Vertel my en wees presies."

Sy versamel haar gedagtes.

"Ek voel lewend. Soos ek veilig by jou is. Want ek weet jy sal my nooit seermaak nie. Daar is 'n troos daarin. En ek hou daarvan om onder jou beheer te wees. Jou seksuele beheer. Om myself aan jou oor te gee. Ek doen nie Ek weet nie of ek dit ooit volledig sal kan verduidelik nie. , maar dit is hoe ek voel."

"Daar is dit," het hy uitgewys. "Dit is die gedagtes wat jy moet dink om eendag 'n groot romanskrywer te word. Jy word 'n vrou in pas met jouself. Bloei."

"Ek wil dit ook voel."

"Ek is jou een tree voor," sê hy en hou 'n klein toestel omhoog. "Hierdie knoppies beheer die vibrator in jou binneste. Wat beteken dat ek nou jou liggaam en gees beheer. Wil jy nog die leefstyl ervaar waarna jy al so lank lus is?"

"Ja..."

Sodra daardie woorde sy lippe ontsnap het, het die professor 'n knoppie gedruk wat die vibrator geaktiveer het.

Samantha se hele lyf ruk en haar gesig trek grimas.

Haar arms het onwillekeurig aan die toue getrek terwyl sy getrek het, maar tevergeefs was die toue te sterk.

"Dit is net die eerste stap," het hy gesê.

Die seksspeelding het in haar poes bly vibreer.

"O gosh, dit voel ... ek het nog nooit 'n vibrator soos hierdie gebruik nie. Dit voel so ..."

Die professor het aandagtig gekyk hoe die student swaai terwyl hy nog 'n knoppie druk en die vibratorkrag nog 'n kerf opdraai.

Samantha het asemloos gelyk toe haar oë groot word en haar mond 'n O vorm.

Dit het gelyk of sy vir 'n oomblik uitasem was toe die vibrator sy towerkrag bewerk het.

"Dit is die essensie van voorlegging," het die professor gesê. "Ek is in volle beheer. Jy is heeltemal verlore . En dit is my plig om jou te laat kom. Nou hoef jy nie meer te wonder hoe dit is nie. Jy ervaar dit eerstehands, of hoe?"

Sy het gesukkel om te praat.

"Ja..."

"Wil jy orgasme kry?"

Sy knik.

"Ja..."

Sy stem het weggebly toe die vibrasie oorweldigend geword het.

Toe druk die professor die skakelaar wat die vibrator na die hoogste kerf neem.

Dit het Samantha se hele liggaam laat bewe en haar hande laat kramp.

Haar boude het onwillekeurig teen haar boude gedruk.

Sy oë is toe en hy kreun hard.

Toe Samantha huil en skree, het die onderwyser die vibrator tot op die eerste kerf afgedraai en Samantha kon kalmeer.

"Jy is te hard ," het die professor opgemerk. "Ons kan dalk gevang word as jy so skree."

"Ek is so jammer," antwoord sy en haal swaar asem terwyl die seksspeelding steeds in haar poes neurie. "Dit was so intens. Ek het nog nooit so iets gevoel nie."

"Maar jy wil nog steeds 'n orgasme kry, reg?"

Sy knik met haar oë soos 'n oulike hondjie.

"Natuurlik."

"Dan sal ek jou op een of ander manier moet gag. Enige voorstelle oor wat ek in jou mond kan sit, om jou stil te hou ?"

Dit was 'n retoriese vraag.

Hulle het dit albei geweet.

Samantha was slim genoeg om op te neem wat die professor voorstel.

En sy was ook lief vir hom, met haar hele hart.

"Jou haan."

Hy glimlag.

"Net om stil te bly ? Of wil jy hê ek moet jou mond oefen?"

"Ek wil opgelei word. Deepthroat, net soos waaroor ek al gefantaseer het."

"Goeie meisie."

Die professor sit die afstandbeheerder neer en begin sy broek oopknoop.

Samantha kyk met gretige oë hoe die professor losbreek.

Sy het opgemerk dat hy amper heeltemal regop was en sy grootte nogal indrukwekkend was.

Dit het haar net meer aangeskakel.

Hy stap vorentoe, sy haan hang voor Samantha se gesig, die afstandbeheerder terug in die hand.

"Ek gaan my piel in jou mond sit," het hy gesê. "Jy gaan dit suig. En jy gaan deepthroat raak. Terselfdertyd gaan ek jou met die vibrator laat klaarkom. Verstaan jy my?"

"Ja," het hy ingestem.

"Onthou hierdie sentiment. Gebruik hierdie sentiment vir jou skryfwerk. Miskien sal jy mal wees daaroor. Miskien sal jy dit haat. Maar jy het ten minste probeer."

"Ek wil dit hê. Meer as enigiets."

Daarmee het die professor sy haan in Samantha se gesig gelei.

Sy het haar mond oopgemaak en dit aanvaar.

Dit gly tussen haar lippe en sy vou haar lippe om dit en suig daaraan.

Die professor hyg.

"Jy het 'n mond soos 'n engel," het hy opgemerk. "Hou aan suig."

En Samantha het.

Sy suig en skud haar kop so goed sy kan.

Al wat hy kon doen, was om sy nek heen en weer te beweeg.

Sy het met haar lippe en haar tong gewerk.

Sy het hom goed gesuig en haar tong om die punt van sy ereksie gedraai.

Dit was iets wat sy geweet het mans was absoluut mal oor.

En sy was mal daaroor om dit te doen.

Sy het ook daarvan gehou om sy piel in haar mond te voel verhard.

"Ontspan," het hy gesê. "Ek gaan dieper. Moenie dit baklei nie."

Die professor het 'n hand bo-op Samantha se kop geplaas, en dan saggies gedruk en sy penis dieper geneem.

Sy het 'n bietjie verstik, toe het hy teruggetrek.

Nou het hy geweet Samantha se mondelinge limiete .

Die meisie het 'n standaard gag-refleks gehad.

Hy het teruggegaan na binne, net waar die weerkaatsing van Samantha se gesnoer was, en dit was so ver as wat hy gegaan het.

Hy wou haar keel seksueel oefen, haar nie laat opgooi nie.

"Dit is nou wanneer ek jou gaan maak kom," het hy gesê. "Ontspan jou lyf. Nou is jy onder my beheer."

Die professor het die knoppie gedruk en die vibrator het teruggekeer na die hoogste kerf.

Samantha kriewel in die sitplek soos 'n slaaf behandel.

Haar boude druk weer die prop in haar gaatjie.

Sy oë het klam geword.

Sy hande het stywe knope gevorm.

Sy vingers klem in sy skoene.

Die klein kantoor is gevul met die geluid van die klein maar kragtige vibrator wat sy magie in Samantha se nat poes bewerk.

Daar was ook mondgeluide en gedempte gil uit Samantha se mond.

Onsedelike geluide van suig en slurp.

"Hou aan suig," het hy gesê. "Jy kan albei doen. Suig dit af en kry terselfdertyd jou orgasme."

Samantha het haar aandag teruggedraai om die professor se haan te suig.

Miskien sal dit die uiterste gevoelens in sy onderste streek uitskakel, het hy gedink.

Sy het haar bes probeer om haar tong om die lid te beweeg, maar dit was moeilik aangesien die haan heeltemal in haar keel was.

Hy het ook probeer om so goed hy kon met sy lippe te werk.

Sy het nog nooit vantevore 'n ou diepgeraak nie, so dit was vir haar 'n ongewone leerervaring.

Soos hy gesuig het, het die sensasies in haar poes tot 'n kragtige intensiteit gegroei.

Die druk gebou en gebou.

So ook die pyn van die langdurige vibrasies, saam met pyn in sy rektum en pyn waar sy ledemate vasgebind was.

Sy maak 'n geluid wat deur sy haan gedemp is.

"Is jy naby aan cumming?"

Sy betraande oë kyk na die onderwyser.

Met hondjie oë.

Sy knik effens, so goed sy kan, sonder om die professor se piel seer te maak.

Die professor glimlag.

"Kom vir my, skat. Ontspan net, en laat dit gebeur."

Samantha het haar oë toegemaak en daarop gekonsentreer om die haan, wat in haar keel was, te suig, saam met die kragtige gevoelens in haar onderste streek.

Seker genoeg, die orgasme het gekom.

Nou kon hy nie meer die bal van sy vuiste en tone hou nie.

Sy spiere het ontspan.

Sy lyf was seer.

Sy voel 'n kragtige vrylating in haar poesie.

Die druk het sy hoogtepunt bereik en die orgasme was onberispelik.

Toe dit aankom, het dit soos spuite gevoel.

Vloeistof spuit uit haar poes, bedek die vibrator en maak 'n gemors waar sy gesit het.

Normaalweg sou sy bang wees vir die gemors wat hy op haar romp maak, aangesien sy met daardie orgasme-vlek deur die gange en oor die kampus sou moes stap.

Maar dit was nie 'n normale tyd nie, nie nou nie.

Die enigste ding wat vir hom saak gemaak het, was daardie intense gevoel.

Niks anders het saak gemaak nie.

Skroef die nat romp vas.

Dit was die mees ongelooflike orgasme van haar hele lewe.

Sy haal swaar asem met haar oë toe.

Toe ontspan hy en sug.

Dis toe dat die professor geweet het hy het pas klaar klaargemaak.

Daar was geen sin om Samantha meer te pla nie, toe skakel sy die vibrator af.

"Dit was pragtig," het hy gesê. "Maar nou is dit my beurt. Het jy nog energie?"

Sy kyk op en knik, haar oë vol trane van die orgasme wat sy sopas ervaar het.

Die professor wieg sy heupe.

Vir die laaste optrede wou hy haar mond en keel naai, en hy het presies dit gedoen.

Sy het aangehou om te suig.

Toe haar energie teruggekeer het, het sy teruggegaan om met haar tong te werk, saam met haar lippe.

"Sluk dit," het hy gesê.

Hy hou Samantha se kop stil met een hand, en met sy ander hand streel hy verwoed oor die skag van sy harde, woedende haan, terwyl die punt van sy ereksie in Samantha se warm mond was.

Samantha was trots dat sy die onderwyser so hard kon maak, en dit het gewerk.

Hy het haar sexy en begeerlik laat voel en deur hom gesoek.

Die orgasme het in die student se mond geskiet.

Stroom na stroom sperma het in Samantha se mond gegooi, op haar tong en in haar keel af.

Met elke spuit kom, het Samantha gesluk.

Dit was iets wat sy graag gedoen het, veral nou vir die man wat haar sopas daardie onvergeetlike orgasme gegee het.

Sy het die smaak en tekstuur van sy saad geniet.

Hy proe dit in sy mond.

Hy het dit met sy tong gedraai.

Dit was nie iets wat sy gou sou vergeet nie.

Sy het aangehou om te suig totdat dit alles uit was.

Toe, toe die sperma ophou, draai sy haar tong om die kop van sy piel en lek aan die opening.

Toe die haan sag word, laat sy dit uit haar mond val en gee die kop in die proses 'n totsiens soen.

Samantha kyk na haar juffrou, wat na haar kyk.

Hulle oë ontmoet.

Daar was 'n subtiele verstandhouding tussen hulle.

Hulle het geweet wat die ander dink.

Samantha was 'n onderdanige meisie wat uiteindelik haar fantasie beleef het.

En die professor was 'n man wat hom kon oorgee aan sy liefde om vroue op te voed.

"Dit is die ervaring van onderdanig wees," het sy gesê. "Nou weet jy. Doen wat jy wil met daardie kennis."

"Ek was mal daaroor. Elke sekonde," sug sy en neem 'n oomblik om haarself te komponeer.

"Ek is bly jy het ervaar wat jy wou hê. As jy 'n goeie meisie is, kan ons dit weer doen."

Sy het hom 'n sagte glimlag gegee:

"Beter. Want ek skryf 'n lang roman."

Toe die onderwyser die student se polse losmaak, het hy sagte soene op haar voorkop geplaas.

Hy was 'n deernisvolle Meester.

En Samantha was 'n baie nuuskierige en hardnekkige sub.

Natuurlik sal hulle dit weer doen, dink hy.

EINDE